UKRAYINA

Fernando Dourado Filho

UKRAYINA

Україна

1ª. edição, São Paulo

Copyright © 2022 by Fernando Dourado Filho
Todos os direitos reservados. Proibida a reprodução, no todo ou em parte, através de quaisquer meios.

Título original
Ukrayina

Projeto e capa Marcelo Girard
Revisão de texto Vania Cavalcanti
Editoração IMG3

Imagem da capa Euromaidan (11382604254).jpg
Euromaidan, Plaza de la Independencia, Kiev, 15/12/2013
Jose Luis Orihuela from Pamplona, Spain

Direitos exclusivos de publicação somente para o Brasil adquiridos pela AzuCo Publicações.
azuco@azuco.com.br
www.azuco.com.br

Dados Internacionais de Catalogação na Publicação (CIP)
(Câmara Brasileira do Livro, SP, Brasil)

Dourado Filho, Fernando
  Ukrayina / Fernando Dourado Filho. -- São Paulo, SP : AzuCo Publicações, 2022.

  ISBN 978-65-997703-2-6

  1. Genocídio 2. Putin, Vladimir Vladimirovich, 1952- 3. Refugiados 4. Relatos de viagens 5. Rússia - Política e governo 6. Ucrânia - Descrições e viagens I. Título.

22-108641   CDD-910.4

Índices para catálogo sistemático:

  1. Relatos de viagens 910.4
Eliete Marques da Silva - Bibliotecária - CRB-8/9380

*À memória de meu pai,
para quem a menção aos
trigais da Ucrânia lhe
marejava o verde dos olhos.*

"Russia can be either an empire or a democracy, but it cannot be both… Without Ukraine, Russia ceases to be an empire, but with Ukraine suborned and then subordinated, Russia automatically becomes an empire."

Zbigniew Brzezinski

Sumário

Один
Um VIP no önibus — 11

Два
Putin, caçador — 16

Три
Notas de uma viagem à Ucrânia — 25

Чотири
Psiquiatras stalinistas de São Paulo e a canalhice na questão da Ucrânia — 30

П'ять
No final, tudo acaba em Kiev — 35

Шість
Sempre romântico — 40

Сім
Dossiê Ucrânia: beleza, sordidez e política num só caso — 45

Вісім
Uma tentação brasileira: a demagogia da tribuna — 52

Дев'ять
Quem paga o pato — 55

Десять
Ah, se o tempo voltasse... — 60

Один

Um VIP no ônibus

Antes da pandemia de covid-19, tive muitos cartões de privilégios nas companhias áreas. Acessei as categorias máximas de pelo menos quatro *pools* importantes, encabeçados pela Qatar, Air France, Lufthansa e British Airways, o que me rendia tratamento VIP em terra e ar em mais de 50 empresas. Hoje já nem sei como isso vai, mas com a pandemia, devo ter perdido a imensa maioria das regalias de antigamente. Antes, fazia *check-in* com prioridade num balcão exclusivo, bebia Champagne nos lounges elegantes, tinha os jornais do dia em vários idiomas, embarcava antes de todo mundo, era dos primeiros a descer do avião, despachava quanta bagagem quisesse e quando ia retirar a mala na esteira, ela já estava lá à minha espera, enquanto muito passageiro ainda estava saindo do mesmo avião que me trouxera. A bordo, as comissárias me chamavam pelo nome, perguntavam sobre minhas andanças, tiravam meus óculos quando eu adormecia, colocavam um cobertor de lã nas minhas pernas e lembro-me de uma ocasião em que, dormindo profundamente a minutos do pouso, uma delas – alemã lindíssima – passou a ponta da unha no meu antebraço com uma delicadeza tal que acordei maravilhado, sem traço de irritação. O que importam os anéis? Bom é estar vivo e, se for o caso, tratar de reconquistar tudo o que fizer falta de verdade. O mais passou.

O leitor deve estar se perguntando: mas o que tem isso a ver com o ônibus do título? Vou contar. Lembro de que estava numa rodoviária nos confins da Lituânia, a poucos quilômetros de onde acaba a Europa. Mais do que o *pool* de qualquer companhia aérea de primeira grandeza, nenhuma transportadora me deu tantas alegrias quanto a Eurolines. A bordo dos ônibus extremamente desconfortáveis dessa empresa, fiz algumas das melhores viagens de que tenho lembrança. Como companheiros de jornada, só pessoas pobres, sem meios de arcar com outro transporte porque nenhum seria tão barato. Um trajeto que levaria 3 horas de carro, com a Eurolines levava 6. Os motoristas – eslavos com dentes de ouro em sua grande maioria – eram mal-humorados e grosseiros. A bordo, nem sequer havia água para comprar. Uma televisão ficava ligada a noite toda passando filmes que ninguém via, mas que ninguém ousava pedir para desligar. Todos os filmes eram dublados por duas vozes apenas – uma masculina e outra feminina –, não importando que a história tivesse 30 personagens. Os banheiros eram minúsculos e as paradas, frequentes. No inverno da Europa do Leste, onde a empresa contava com uma malha rodoviária imensa, a temperatura interna ficava na faixa dos 10 °C, o que significava 20 graus acima da temperatura externa. Os roncos eram abafados pelo ruído ronceiro de um motor que parecia que ia quebrar a qualquer momento. Era duro.

Vocês me perguntam: mas havia necessidade desse desconforto e dessa economia? Que vantagem tinha pagar 12 euros para viajar entre Wroclaw e Pilsen, sacolejando durante 10 horas, se em minutos eu torrava esse dinheiro com cerveja? Não era uma questão de poupar dinheiro! Eu gostava mesmo era da experiência de viajar na Europa do Leste ao lado de uma gente rústica sob todos os aspectos. E de poder observá-la naquelas paradas remotas de cidades adormecidas da Letônia, da Ucrânia, da Sérvia, da Romênia, da Hungria, da Rússia ou da Bulgária. De ver aquela obediência cega a um uniforme. De ver a resignação acrítica aos caprichos dos guardas de fronteira, aos inspetores de alfândega de maus bofes e às atendentes de bares decadentes que pareciam estar fazendo um favor em servir uma dose de vodca de madrugada. Era como se eu estivesse num romance russo enquanto cruzava a Bukovina, a Transilvânia, a Saxônia, a Galícia, a Silésia, os Cárpatos, os

Sudetos, a Morávia, a Boêmia. Dos ônibus da Eurolines, sempre tão mal conservados, vi os picos nevados da Albânia. Naquelas cadeiras que não reclinavam, lembro-me da ciganinha que embarcou em Salônica e me propôs ousadias. Lembro quando abalroamos um carro em Srebrenica, na Bósnia, e quase matamos a motorista. Mais saudades do que dos *lounges* de Frankfurt, tenho da rodoviária de Riga, onde os policiais enxotavam os bêbados a golpes de soqueira.

Normal para mim é todo mundo que não se preocupa em parecer normal.

> *Два*

Putin, caçador

Um conhecido meu esteve com Putin na Copa da Rússia, numa recepção privada para cartolas de futebol. "É mais baixo do que alto. Conversa bem, mas tem a boca franzida. Ri, mas de pé atrás. A mão direita é colada à cintura. Só tem medo do medo. Como se dizia no sertão: é capaz de mamar em onça. Não recomendo ser inimigo desse homem". Eu nunca vi Putin, mas já rastreei os passos dele para tentar sentir a história que lateja por trás. Caminhei em São Petersburgo pelas ruas onde ele passou a infância. Nascido sete anos depois da Segunda Guerra, ainda viveu uma época em que não havia cachorro porque todos tinham virado guisado. As ruas eram tomadas por gangues.

Mais representativo do Putin que chegou ao poder no bojo das bebedeiras de Yeltsin, a quem garantiu proteção, foram as ruas de Dresden, onde ele viveu e trabalhou até pouco antes dos 40 anos – ele que ronda os 70. No número 101 da Radeberger Strasse, perto do cemitério militar russo, viveu entre patrícios. Tomava cerveja e saía para passear com Ludmila pelo Elba. Ela, que tinha sido Miss Kaliningrado, nunca foi tão feliz quanto nessa época. "Vladimir Vladimirovich vivia para o trabalho e nossas filhas". Nada a impressionava tanto como os vidros limpos das residências, que as donas de casa alemãs mantinham impecáveis. No fim dos anos 1980, tudo mudou.

Dias antes da chegada de Helmut Kohl para falar de Reunificação, Putin defendeu à mão armada o edifício do número 4 da Angelika Strasse, onde hoje funciona o Centro Rudolf Steiner, de antroposofia. Isso porque lá ficava o núcleo de cooperação da KGB e da Stasi. O tenente Putin, diante da turba que queria invadir o edifício, o defendeu como pôde, no aguardo das instruções de Moscou. Mas o Kremlin de Gorbachev já não queria saber de manter o Império. Putin jamais se esqueceria disso. Amarrou uns eletrodomésticos na carroceria, juntou os teréns e sacolejou num Lada até sua cidade natal para ver o que sobrara dos cacos da velha ordem. Logo arranjou um protetor. Até que chegou ao Kremlin, de onde não saiu mais.

Mas o que interessa é hoje. Ora, estamos num mundo em que a maioria dos dirigentes é sobejamente ignorante com respeito aos grandes dossiês internacionais. Na imensidão africana, as lideranças se voltaram para se segurar no poder e defender clãs familiares na repartição das riquezas surrupiadas ao Estado. São cleptocracias. Na América do Sul, salvou-se um ou outro uruguaio, chileno(a) e colombiano. No Brasil, a despeito dos méritos de Lula, o último suspiro de estadismo veio com Fernando Henrique Cardoso, o FHC. Daí para frente, Celso Amorim nos levou a um ponto temerário nas relações com os Estados Unidos e o chanceler paralelo só costurava benesses para os valhacoutos dos Andes, do Caribe e da América Central.

Nos Estados Unidos, aconteceu uma catástrofe. Quem mais sabia de política internacional, muito além de seu marido, era a ex-Secretária de Estado Hillary Clinton que, para a perplexidade do mundo, perdeu a eleição para um idiota consumado chamado Donald, um sujeito que nunca lera um livro na vida. Destronado mais adiante, quis o destino que seu oponente fosse um democrata de fim de carreira, um sujeito rodado de mundo, é certo, mas cuja vivência não ia além de fazer visitas protocolares como senador, sem jamais queimar o dedo na lava. É fraco o Biden, mas era o que se tinha para evitar que o Trump extinguisse a OTAN e entregasse o mundo a quem o lê com acuidade: a China e a Rússia. A vice dele, que entrou como carga inerte na chapa, assim continua.

E na Europa? Ora, de representativo, temos Macron, agora fortalecido pela reeleição de 24 de abril. Na Alemanha, viga mestra de contenção e equilíbrio, quase ninguém sabe o nome do sucessor de Angela Merkel, a maior mulher de Estado de que se tem notícia – um pouco à frente de Thatcher, Indira e Golda. Na Inglaterra, Boris Johnson ainda vai trançar as pernas entre uma rumba e outra e, de novo, a posição ilhéu da Grã-Bretanha aliena Downing Street dos interesses do bloco continental. Nada agrada tanto a Londres como ser a meca de árabes endinheirados e russos esbanjadores, o que não impediu Johnson de empreender uma visita épica à Kiev em plena guerra.

O que quero dizer? Que há um vácuo. Com o acordo de Xi Jinping, Putin dança seu balé. Qual a cor do cisne?

Para Putin, chegou a hora de reconstruir o Império. Caso raro de quem sabe ir atrás da informação e trabalhá-la estrategicamente, ele opera para voltar ao frontispício. A despeito da tremenda deterioração das condições de vida na Rússia em uma década, Putin deita e rola em casa e nos endereços adjacentes: Cazaquistão, Belarus e toda a zona do Cáucaso e da Ásia Central. O nó está na Ucrânia. Maior do que qualquer outro país europeu, Kiev é presa cobiçada no embate OTAN *versus* Moscou. O Kremlin a vê como nós vemos a Amazônia – não é bem só nosso, mas não admitimos pensar em perdê-la. A Ucrânia, assim, é um anexo que não pode sofrer benfeitorias sem consulta ao vizinho de cerca onde mora um urso. É amante, é mais do que esposa. É uma concubina dotada de coração, o que só complica.

Putin disse a Biden: não se meta com a Ucrânia. Nem pense em convidá-la para a OTAN. Enquanto Biden tentava dar peso a ameaças retóricas, nitidamente redigidas por burocratas, Putin aglomerava 100 mil soldados na fronteira. No Donbass, a torcida por ele é grande. A rota traçada da invasão passava ao lado de Chernobyl. Quem eram os soldados para se queixar de um pouco de radiação? As tropas acenaram para o sarcófago de U$1,5 bi que lacra a usina. Quanta ironia! E pensar que a URSS começou a desmoronar justamente por causa do acidente nuclear. A História tem dessas coisas. Para quem é do ramo, é uma dádiva jogar o Big Game da diplomacia e da geopolítica.

Para a Rússia, a Ucrânia é a rainha do xadrez. Para a Europa, também. O oeste da

Ucrânia é uma extensão da Polônia católico-romana. Ou seria o contrário? Para a Rússia, é uma questão maior. Envolve afeição, proximidade emocional, destino compartilhado. A um comando de Putin, a Ucrânia fica enregelada no inverno, sem gás nas casas. A economia pode ficar à míngua. Mas antes disso, Moscou invadiu. Acéfala, a Europa não soube o que fazer. Biden fez cara de mau, falou de dedo em riste como John Wayne, mas, no fim das contas, foi despachar Anthony Blixen para conversar com Serguei Lavrov. Um impasse em cima de um fato consumado levará quinze anos para ser desatado. Quem fala da Geórgia hoje? Putin tem 234 defeitos. A burrice não é um deles.

A China não é modelo de democracia. A Rússia tampouco tem apreço pelas vozes discordantes. Já calou muitas. Demais, é o epicentro de governos fortes. No começo, o mundo se rebela contra o arbítrio e faz coro na censura. Depois se retrai. Aqui, no Brasil, nós resolvemos há um bom tempo que ser tosco e mal formado era um modo superlativo de inteligência. Putin não gastou muito tempo com os socráticos. Mas tem uma noção circular do conhecimento e uma visão messiânica do seu país. Não sendo intelectual, não é um ignorante, como o que temos aqui. Tampouco é preguiçoso. Trabalha muito e estuda cada lance. Depauperada, mas vigorosa militarmente, a Rússia brinca de gato e rato até no Báltico, fazendo invasões pontuais e premeditadas do espaço aéreo OTAN.

Eu não saberia nem gostaria de admirar quem esfrangalha as liberdades individuais em nome de seus próprios interesses. Mas às vezes consigo respeitar o ponto de vista de Putin por entender a moldura histórica em que ele brotou. Não tardaremos a ter novidades daquela parte do mundo. Os russos têm uma dependência emocional de tiranetes. Estão saciados. Vladimir Putin tem agora a faca, o queijo e a fome. O resto do mundo, a retórica. A China logo ficará à vontade para avançar seus peões em certo Estreito. Ao Brasil, cabe olhar. Celeiro do mundo – embora hoje o povo viva penúria alimentar –, não temos importância geopolítica, o que fica patente nessas horas. Com saída apenas para o Atlântico Sul, perdemos relevância para a Colômbia e o México. Somos bons para figuração, na falta de cérebro.

Putin deve estar pensando: nunca foi tão cômodo esquentar uma guerra. Porque fria ela já está.

Три

Notas de uma viagem à Ucrânia

Estamos em novembro de 2013. A temperatura em Kiev fica em torno de zero grau no alto outono. Estou amando a Ucrânia. Toda manhã, saio do hotel Bratislava, pego o metrô e desembarco na Khreshchatyk, a principal estação da capital. No trajeto, ninguém sorri, ninguém conversa, muitos leem, uns poucos consultam o celular, ninguém se encara. Mas como me afeiçoo facilmente às rotinas de curta duração, adoro esse momento do dia. À noite, a vizinhança é lúgubre. Mas tem um bar de música *klezmer* e uns frequentadores que, bêbados, fazem acrobacias como no frevo.

Igual à Rússia, o que mais temos aqui é máquina para sacar dinheiro, salões de narguilé e restaurante de sushi. Imprudente, fiz um saque um pouco maior numa avenida de grande movimento. Com as cédulas no bolso, olhei o reflexo do vidro. Dois rapazes me espiavam e cochichavam. Culpa minha! Simulei outra operação. Teatral, levei as mãos à cabeça e abandonei o caixa como se estivesse desesperado, sob um impacto negativo.

Um homem aflito por más surpresas financeiras fica desinteressante até para os batedores de carteira. Desci as escadarias do metrô e caminhei pelos subterrâneos até a Maidan, onde só então voltei à tona. Comprei de uma *babushka* um gorro amarelo para confundir os rapazes, caso eles me identificassem. Pouco a pouco, me senti livre para caminhar, sempre parando em cafés e livrarias, onde a conversa é boa.

Parece que todo mundo aqui adora sushi. A qualquer hora do dia há gente pinçando as pecinhas coloridas com habilidade naqueles barcos enormes. Abusei dos *temakis* de ovas de salmão – *ikura* – que são saborosos e baratos. A praga do cream cheese chegou aqui com força. Os salões de narguilé parecem reunir os ociosos e mal-encarados. Uma verdadeira escumalha. Todo mundo ali parece estar armando alguma trapaça. Gosto do ar oriental que o narguilé dá à paisagem física.

É difícil ver tanta mulher bonita quanto em Kiev. Contrariamente às russas, que perdem as linhas muito cedo, aqui elas se mantêm esbeltas e bem proporcionadas até os 60 anos, se duvidar. As pernas podem ser longas e, como todas gostam muito de botas e saltos, o fêmur se espicha e o tórax fica lá em cima, nas alturas. Muitas usam jaquetas de pele curtinhas, deixando ver um colo bronzeado nas praias da Tailândia ou da Turquia.

Parado diante dos estandes no Mercado da Bessarábia, estaquei mais de hora observando as vendedoras. Matronas de bochechas vermelhas, encorpadas como camponesas, que ficam estáticas, apenas reagindo a um pedido do cliente, são como *matrioskas* com seus lenços de cabeça amarrados no pescoço. Há um elemento artificial em tanta ordem e asseio. Não há iniciativa de feirante naquelas mulheres. Agem como se trabalhassem para o governo, com salário garantido. Não entendo vendedores resignados.

Várias vezes fui engolido pelas bandeiras. A Ucrânia tem uma das mais lindas bandeiras do mundo, mas em nenhum outro país vi tantas réplicas do pavilhão nacional. A singeleza do desenho – a metade superior é azul e a baixa é amarela, e simbolizam, respectivamente, o céu afagando os trigais – de alguma forma reflete as dicotomias internas. Assim, daqui até a fronteira oeste – Romênia, Moldávia, Polônia, Hungria e Eslováquia –, prevalece a vontade de aderir à Comunidade Europeia.

Vi muitos jovens abraçados ao lado de velhotes encapotados, cantando hinos patrióticos no pórtico das igrejas. É difícil esquecer a política e pensar, afinal, que estou na terra de Gogol, de Sholem Aleichem e de Clarice Lispector. Há uma linha demarcatória invisível que cinde o país. Ela vem de Chernobyl, na fronteira bielo-russa, e vai até Odessa, no Mar Negro. Dali para o leste, o pertencimento emocional é ortodoxo e oriental.

Peguei um passaporte novo na Embaixada do Brasil. O outro já estava ficando sem página em branco. Agora tenho um documento novo válido até 2018, para quando fizer meus 60 anos. Vou de trem para Lviv amanhã. Por causa do passaporte, não fui a Chernobyl, que está aberta para visitação. É linda a sinagoga Brodsky. Tem alguma coisa trágica nesse país, mas quando se ouve a música *klezmer* na birosca perto do hotel, por um momento, a gente esquece isso.

> *Чотири*

Psiquiatras stalinistas de São Paulo e a canalhice na questão da Ucrânia

Por uma questão de método e de consideração por você, leitor, não vou chover no molhado. Não vou escrever aqui nem sequer duas linhas seguidas sobre o mérito militar, geopolítico ou econômico da invasão da Ucrânia pela Rússia. Todos nós sabemos mais ou menos as mesmas coisas a respeito. O que diferencia nossa percepção é a ênfase que damos aos fatores.

Vou fazer um paralelo: todo mundo sabe que Cabral descobriu o Brasil em 1500. O que resulta do fato? Um grupo de gente é contra o verbo "descobrir" e exige que seja acompanhado por aspas. Ora, a terra já existia e era habitada. Outro dirá que ali começou o genocídio dos índios. Outro dirá que os fenícios já tinham estado aqui. Mas nada disso muda o fato de que a esquadra de Cabral chegou mesmo à Bahia na Páscoa de 1500. E ponto.

Voltemos à vaca fria: em fevereiro de 2022, os russos avançaram sobre a Ucrânia sob um elenco de pretextos. Na esteira dessa verdade, as diferentes escolas manipulam os fatos de forma a querer acreditar – e fazer os outros acreditarem – que sua forma de ver é a mais certa. No Brasil, vale a regra. Mas então: o que há de mais canalha na questão da Ucrânia? É a exortação à rendição pura e simples. Sob pretexto de evitar um banho de sangue, cada vez mais pessoas advogam que o governo da Ucrânia ceda ao império da força e desista de se defender. Assim, de graça...

Ora, que a supremacia russa é patente, ninguém questiona. Que é uma questão de tempo até que ambas as partes, certamente em frangalhos, se sentarão para acertar os termos da neutralização da Ucrânia, é ponto pacífico.

Ademais, quando as guerras saem das manchetes e dão lugar a um jogo de futebol, francamente, é péssimo sinal para quem está de arma em punho ou expulsando soldados invasores de casa. É indício de atrofia do músculo da indignação. Mas, repito, fazer a defesa de uma rendição incondicional é o que há de torpe, de vil.

Pergunto: o que teria sido do Vietnã se desse ouvidos a semelhantes conselheiros? O que teria sido de Israel, se cedesse ao determinismo das armas e abdicasse do ímpeto de existir? O que teria sido dos afegãos, dos gays, dos veganos, dos pretos de Soweto, se essa lógica vingasse? Ou o que seria de nós nas nossas microlutas contra o alcoolismo, o tabagismo, a obesidade, a dependência química, o capitão, o medo da morte?

Há 48 horas tenho visto ganhar corpo essa tendência derrotista, na voz de um general americano *multipurpose*. Nada tenho contra os pacifistas. Mas logo vi que aqui, no Brasil, não se tratava disso.

Em muitos casos, senão na maioria, os que defendem que o capricho geopolítico de Putin seja honrado com a rendição são uns ratos morais que o fazem porque, para eles, a capitulação ucraniana seria ruim para os Estados Unidos. Ora, se for ruim para os EUA, seria boa para o mundo (deles).

Boa parte deles integra as falanges de negocistas do PT e sonha com o momento em que uma cúpula camarada conceda um pacote de esmolas para uma Ucrânia espoliada e lobotomizada, para que ela exista, sem, entretanto, representar uma ameaça ao Oriente, leia-se "a Moscou".

Por outras razões, fiéis à simetria que os assemelha, têm discurso igual ao das milícias do capitão que exultam com a ação de Putin porque Putin integra o fascismo real tal como eles o valorizam. E como ele é? Ele patrocina a morte. Para essas gangues, tudo o que denota valentia, arbítrio e que implique o derramamento de sangue é bom.

O que há de mais lamentável é que psiquiatras – sim, psiquiatras –, desses que recebem adolescentes com a pulsão de morte na alma, psiquiatras, repito, cuja missão é ajudar as pessoas a encontrar navegabilidade nas brumas de suas ansiedades e, eventualmente, até prescrevem um antidepressivo ou similar, pois bem, esses psiquiatras fazem a defesa aberta da tal rendição.

Que credencial profissional é essa? Que modelo de superação eles propugnam?

Os gulags siberianos tinham médicos assim para reforçar o controle social. E para assinar atestados de óbito apócrifos.

Vou concluir: para mim não há aberração maior do que um psiquiatra que distorce a história para ficar de bem com a tribo política a que quer agradar. Psiquiatra deveria ter, além do mais, a decência de se recatar diante de certos temas porque sua pregação pode afetar diretamente os pacientes.

Conheço pelo menos três deles que estão nesse momento agitando bandeiras de capitulação e covardia. Tudo em nome da ideologia. Ela reza que, diante da ameaça, ceda. Atacado, entregue-se. Diante de um coturno, lamba-o.

Psiquiatra populista não deveria existir na face da Terra. Sendo isso inevitável, pois bem, que não se manifeste em redes sociais. Isso é criminoso.

П'ять

No final, tudo acaba em Kiev

A verdade é que acho o Brasil um lugar de vocação alegre, mas meio tristonho. A Europa, no geral, é tristonha, mas a descobri mais alegre ultimamente, muito mais aberta à vida. Há pouco tempo, eu era tão feliz lá no interior da Romênia, arrastando minha malinha pela praça da catedral de Timisoara. Era daquela vida que eu gostava. Do pequeno hotel Central, do cordeiro com polenta do jantar, da conversa com o recepcionista antigo que me descreveu os complexos de Ceausescu e da viagem de carro para Belgrado – vendo a desolação do interior da Sérvia, ouvindo os devaneios de grandeza do motorista que tinha trabalhado para Jelena Jankovic. Este era meu mundo. É ele que me faz falta. Tudo é uma questão de ir além das aparências.

No Brasil, vige a felicidade institucionalizada, a alegria por obrigação, a euforia compulsória. É claro que é uma delícia tomar caldeiras de chope na calçada do Bracarense, do Rio de Janeiro, comendo bolinho de bacalhau, ainda pingando da água do mar. Mas isso é tão inverossímil. Tanta coisa precisa estar ajustada para que essas pequenas alegrias aconteçam. Tantas salvaguardas se impõem para que a descontração seja real – externa, mas também interna. Na Europa, tudo é mais sóbrio. A vida das pessoas se assemelha muito, é verdade, mas isso não quer dizer que sejam monótonas. Pelo contrário, hoje vejo mais pessoas com tendência à euforia em Londres, Paris ou Lisboa do que nas capitais brasileiras onde, por trás dos sorrisos, imperam tensões: sejam elas políticas, econômicas, identitárias. Pernambuco é uma nação. São Paulo também. Muitos estados o são. Mas o Brasil está deixando de ser. O Brasil está esfacelado por conta da eficácia colateral de um remédio para combater o piolho. Às vezes nos vejo como via os Andes dos anos 1980: o ódio surdo dos cholos contra os brancos, e o paternalismo destes para com quem falava quéchua e aimará.

Se chegasse para conversar com um terapeuta hoje, eu abriria dizendo: "Estou aqui porque acho que está encerrado o período dourado de minha vida. Estou aqui porque desconfio que a revisão de estilo de vida terá de ser muito radical, se quero que o barco continue navegando. Estou aqui para que você me ajude a pesar o custo-benefício de continuar vivendo. Estou aqui porque não tenho o menor interesse em ser adestrado para viver uma vida de velhinho. Estou aqui para que você me apresente a seguinte fórmula: como continuar vivendo a vida de "antes" num mundo que passou por um imenso "depois"? Não venha me falar de fé, de meditação, de vegetarianismo, de homeopatia, de macrobiótica, de medicina ortomolecular nem de paparicar netos. Não tenho medo de morrer num hotel em Kiev, esparramado na cama de um 3 estrelas, ao lado de uma garrafa de vodca com a porta da varanda aberta, por onde entram salpicos de neve. Tenho medo mesmo de morrer diante do olhar perplexo de amigos e familiares. Tenho medo de acabar num hospital e receber visitas do Recife dizendo que estou com uma cor boa, que estou rosado – como consolo clássico para os desenganados. Estou aqui porque quero que você reconheça o meu direito a morrer como vivi: livre e só. Não busco consentimento, mas o *fair-play* da preparação".

Vou procurar um quando voltar do Recife. Isso já está decidido. Acho que quero viver o máximo que der sem que tenha de mudar o estilo de vida. É isso. Estive certa feita num lançamento de Contardo Calligaris. Como a livraria ainda não estava cheia, levei meu exemplar para o autógrafo e disse-lhe: "Estive em Trieste há dois anos. Num hotel chique, estava tendo um *vernissage* de um pintor cujo sobrenome era Calligaris". Então Contardo falou que podiam ser parentes distantes, mas que a família dele era do Piemonte. Quase saindo, eu me virei e disse: "Adoraria ter umas sessões com você um dia. Não sei quando, porque vivo no mundo". Ele me piscou o olho e disse: "Você saberá onde me achar". Essa semana, Contardo morreu. Segundo disse seu filho, que o assistia no último suspiro – sem dizer que o pai estava com uma cor boa –, suas últimas palavras foram: "Espero estar à altura", referindo-se à morte. Não sei se seriam com Calligaris minhas sessões de terapia. Talvez meu bolso não estivesse à altura e não sou nada escravo de grifes, especialmente na área da saúde. Mas o que ele disse com respeito à morte, que foi seguramente pensado e refletido, queria eu continuar dizendo com relação à vida. Com essa fórmula, posso agora tomar um banho, dar uma volta no bairro e pensar no jantar logo mais. Tudo à altura.

Шість

Sempre romântico

Precariamente agasalhado, saí de um hotelzinho que ficava ao lado do estádio do Dínamo e fui andando até o Centro. Caminhei durante várias horas, sempre parando nas galerias de arte, onde se podia conversar com gente interessante. Outro alvo prazeroso para as caminhadas era o Mercado da Bessarábia, onde comprava as comidinhas que gostava de ter no quarto para petiscar fora de hora: esturjão defumado, ovas de salmão, pão de grãos, *blinis*, *smetana*, salames e vodca.

Tinha chegado de Lviv, na fronteira polonesa e, no trajeto, nada me fascinou tanto quanto ver os girassóis – tão belos quanto os da primavera na Andaluzia. A diferença é que aqueles estavam associados a um filme que me marcou. Pois, como sabemos, os girassóis da Rússia eram, na verdade, da Ucrânia. Como não me lembrar daquelas cenas em que Sophia Loren, obstinada em achar Marcello Mastroianni, desaparecido na Segunda Guerra, surge nas aldeias, munida de uma foto do marido e da perseverança própria do grande amor? Quando o reencontra, consternada, se dá conta de que ele preferiu ficar no Leste, sem lhe dar nenhuma satisfação! Desfalecido num campo de neve em plena retirada, forte candidato à hipotermia e à sanha dos lobos, uma russa o arrancou dos braços da morte. Por gratidão, mas também por amor, ele ficou.

Ver a dor de Sophia derrotada a caminho de casa é uma das cenas mais bonitas do cinema. Sou romântico em excesso, admito. Não chego a ser desses que se apaixonam mais pelo sentimento de estar apaixonado do que pela própria mulher. Mas como é que poderia ser diferente na Ucrânia? Estaria ali escondido um grande amor?

Então tive um frêmito. Poderia tê-lo achado. Enquanto passeava pelos boxes do Mercado da Bessarábia, percebi uma ucraniana linda, que poderia ser a estrela de qualquer filme de qualquer época. Nossos olhares se cruzaram uma vez, depois duas, três – a ponto de eu flagrar no rosto dela um sorriso, o primeiro que via na capital desde que chegara. Até que nos aproximamos. Meu coração ia sair pela boca, a língua ficou seca e as pupilas devem ter se dilatado. Foi ela quem falou. "Hi, how are you?" Que beleza, ainda falava inglês! Como ela sabia que eu não era ucraniano? "Vi você comprando salame. Ucraniano não era". Convidei-a para conversarmos um pouco na casa de chá. Ioulia vinha de mais ao norte, na fronteira com Belarus. "Saí pequena de lá, depois da morte de minha irmã. Fomos morar em Odessa. Chernobyl... sabe?"

Era tão linda que até a tragédia soava pura poesia naquela boca. Quantos anos teria à época da explosão do reator? E por que a irmãzinha sucumbira à radiação e ela não? "Eu tinha 6 anos, mas estava com minha avó no Mar Negro. Foi a sorte". Ela me perguntou quantos dias eu ficaria em Kiev. "Mais dois dias. Mas agora, muda tudo. Posso ficar mais se quiser. Se você quiser, quero dizer. Agora Kiev ficou mais bonita do que é". Ela não enrubesceu, nem sorriu ou agradeceu. Por um momento, tive a impressão de que não era a primeira vez que ouvia um apelo patético. Já estava a ponto de sugerir que pegássemos um carro para visitar um campo de girassóis ali perto. Era como se, no íntimo, eu estivesse querendo beijá-la cercado das flores. Então ela fulminou meus cenários de uma família feliz. "Podemos ir ao seu hotel. Cobro duas mil *hryvnia*. Que tal?"

Para muitos homens, isso não é problema. É solução. Quando declinei e até lamentei que não tivesse entendido o *métier* de Ioulia, ela pegou a bolsa e me deixou sozinho na Heritage, eu que já a imaginava morando em São Paulo e fazendo progressos no português. No dia seguinte, na Maidan, cheguei a vê-la de longe, mas não me animei nem sequer a dar um oi.

Mesmo assim, tive uma linda temporada na Ucrânia. Está nos planos conhecer Odessa da próxima vez – uma lacuna de que não me perdoo. Nem que esteja sujeito a outra paixonite *manquée*. Mas o verdadeiro romântico não perde as esperanças. Elas renascem a toda hora e a elaboração de cenários idílicos é indissociável dos lugares onde acontecem essas cenas. Se um dia for ao Butão, tenho certeza de que pelo menos uma nativa frequentará a usina de fantasias que me embala. Só não sei como isso começa. Mas um bom palpite é que os filmes têm uma grande influência.

> *Cim*

Dossiê Ucrânia: beleza, sordidez e política num só caso

Há um deputado estadual por São Paulo, eleito com um mar de votos, de quem eu nunca tinha ouvido falar. Nascido num desses movimentos radicais que congregam populistas à esquerda e à direita, ele atende por um codinome inusitado. É Arthur alguma coisa, vulgo "Mamãe falei" – assim, sem vírgula. Pode? Não sei o que catapultou esse rapaz a deputado. Por mais que saiba que eleitores do mundo todo desperdiçam o voto com excrescências, fica além de minha compreensão que alguém ignore bons nomes – sólidos, estruturados, criativos, pensantes, empenhados –

para dar um microfone e um salário a um camarada agressivo, chulo, que fala como um debiloide, uma mistura de beócio com delinquente. Como eu soube disso?

É que ontem à tarde, reunido com os meninos que vão para a Ucrânia documentar o destino dos povos do Dnieper – agora, de novo, em guerra –, um deles nos fez ouvir uma gravação. Nela, o tal deputado, que, segundo eles, tinha ido à Ucrânia atrás de publicidade sob pretexto de fazer coquetéis Molotov (imaginem!), fala para um amigo o que está achando da viagem. Referindo-se às mulheres de lá como quem fala de pastel de feira, disse que, embora lindas, eram fáceis porque eram pobres. Que retribuíam os olhares da sedução ralé desse pobre diabo – que tenta escapar do linchamento renunciando ao mandato na Assembleia Legislativa. Acho que quando ele disse "fáceis", ele deve ter querido dizer que até um cara chucro como ele poderia seduzir uma ucraniana, levá-la para a cama, apresentá-la como troféu aos comparsas.

Chegando em casa, depois de decidirmos que a primeira base dos meninos será em Siret, na Romênia, ouvi o áudio completo do deputado. Falando como se estivesse sob efeito de droga, num vocabulário de submundo, ele foi além. Referindo-se a um cara que ele tem por ídolo (esqueci o nome), enumerou achados de conquista. Na procura desesperada por "deusas" – que palavrório de idiota! –, o tal guru recomenda que o caçador evite cidades litorâneas e lugares badalados. Que vá atrás de suas presas em pequenos comércios, na vida do dia a dia. Vendo fotos dele com o capitão – a quem deu fervorosas boas-vindas num valhacouto que abrigava seu movimento político –, é patente a indigência de referenciais. Como se pode votar num sujeito desses? Francamente.

O paradigma dele é velho conhecido. O Leste da Europa vem de uma história recente de muitas dores. A Ucrânia mesmo foi palco do Holodomor, uma quadra tétrica em que Stálin promoveu o extermínio de milhões pela fome. Depois veio a conta salgada da Segunda Guerra. Só na Rússia se deploram mais de 20 milhões de óbitos. Depois da Guerra, como se não bastasse, Moscou fechou o ferrolho da tal Cortina de Ferro. Deram o planejamento da economia a uma burocracia estatal, decidiram quem mandava e quem obedecia, fecharam as fronteiras e, é claro, com tanto Estado, a economia foi a pique. Só no fim dos anos 1980 essa quadra sombria deu espaço à liberdade. E aí vieram outros ciclos.

A cada um deles, a penúria aviltava o padrão de vida. Ucranianas, checas, eslovacas, húngaras, moldavas, russas e polonesas se extasiavam diante de vitrines cheias de coisas que elas não podiam comprar. Igual a hondurenhas, equatorianas, guatemaltecas, mexicanas etc. Sendo que, as do primeiro grupo, saídas de um mundo onde campeava a desesperança, viram se abrirem as portas do consumo. Como são mulheres cujo padrão de beleza é o da indústria da moda – altas, bem proporcionadas, de traços cinzelados –, logo se tornaram grandes figuras da passarela. Foi embalado por esse imaginário que o tal deputado cresceu. Como em Paris ou Londres elas se sofisticaram por causa dos padrões de consumo elevados, para ele perderam o atrativo.

Assim, como quem busca mercadoria na fonte, evitando o pedágio de atravessadores, ele se descobriu no paraíso. Vi o rebuliço que causavam as lindas mulheres na estrada entre Dresden e Praga nos anos 1990. Por pouco dinheiro, um motorista parava o carro e recebia afagos sexuais sob medida num remanso congelado. Como existe até hoje em estradas brasileiras em que pessoas se oferecem a outras pessoas para subir na boleia do caminhão contra uma cédula de dinheiro. É canalha, no entanto, a associação que o deputado faz da pobreza com a tal facilidade. Lembra os japoneses dos anos 1980 que acorriam em massa à Tailândia para transar. O que mais os atraía era a tarifa. Pelo preço de um almoço em Tóquio, passavam uma noite de Imperador. Isso os fazia se sentirem importantes.

Vi muito isso também no Recife, na cidade de minha adolescência. Ainda hoje, nos trechos de praia dos hotéis, vemos europeus vermelhos como lagostas, atracados com meninas de algum juízo e pouca roupa. Gozando junto a eles de um prestígio que não têm junto aos locais, elas passam dias a tiracolo. Nos anos 1970, lembro-me das meninas do cais do porto que mudavam de patamar de vida por causa de um sueco, um grego, um coreano da marinha mercante. A ponto, muitas vezes, de ir morar em Gotemburgo, Piraeus, Busan etc. Qualquer sociólogo de bar reconhece que a chamada "mais antiga das profissões" cria laço e memória. Que não será extinta por decreto. O que acho deplorável nesse parlamentar é o nexo entre a miséria e a facilidade. É um abuso, uma torpeza.

As ucranianas, em especial, já sofreram muito nesses últimos 40 anos. Lembro das histórias correntes em Berlim nos anos 1990. Toda ucraniana jovem que vinha tentar a vida no Ocidente fugindo das barbaridades do estado policial de economia estatal, precisava, no próprio interesse, escamotear a identidade. A ordem era: "Não diga que você é Ioulia, de Kiev. Diga que é Natasha, de Moscou". Por quê? Porque para quaisquer atividades, ser ucraniano poderia significar ter intoxicação radioativa por causa de Chernobyl. No dizer dos cafetões que as aliciavam, os ocidentais fantasiavam com russas de nome Natasha. Que o fetiche não fosse estragado por amor à verdade. É por isso que, mesmo falando para amigos, as palavras do deputado soam asquerosas. Bestiais. Desprezíveis.

Não sei se você concorda comigo, não sei se o que digo soa muito moralista – coisa que não sou. Mas, para mim, vem tudo empacotado. Quem pensa como esse pobre diabo, não deveria merecer seu voto. Nem ele nem os populistas que apelam à emoção fácil. É assim que eles agem nos bastidores da vida. Vejam as fotos dele com o capitão inominável. O mesmo capitão que, dias atrás, foi cavar imagens – como ele – por aquelas bandas, jogando o Brasil mais fundo na vala do isolamento internacional. O raciocínio do deputado a respeito das ucranianas é o mesmo que ele tem em relação a você e seu voto. Seu voto para ele não custa nada. Você é fácil porque é pobre e anônimo. Basta juntar milhares como você por redes sociais. Para quê? Para fazer coquetel Molotov por sua conta.

Vingue as lindas ucranianas e não vote mais nesse tipo de gente. É por um fato isolado que a gente deslinda o DNA da mente enfermiça.

Bicim

Uma tentação brasileira: a demagogia da tribuna

Fernando Holiday é vereador por São Paulo. Nascido em 1996, é o mais jovem na história da cidade. Parece que faz um mandato digno, é bom de briga e consegue ser odiado pela direita e pela esquerda – o que é excelente indício no Brasil. Nesses dias, deu uma derrapada, como vem fazendo todo mundo com origens políticas no tal MBL – um antro de ódio e, pelo que vimos, da lascívia tropical levada à guerra. Pois bem, o que fez ele? Propôs que se trocasse o nome da rua Rússia, no Jardim Europa (bairro paulistano), por rua Ucrânia. Não contente com tanta volatilidade, propôs que o endereço do consulado russo, na avenida Lineu de Paula Machado, fosse alterado para avenida dos Heróis Ucranianos. Como se a denominação atual não guardasse um vínculo com o Jockey Clube, bem ali ao lado.

Eis uma terrível tradição brasileira. Lembro de um deputado lambe-botas que, no calor da morte de Eduardo Campos, sugeriu que o aeroporto dos Guararapes, do Recife, fosse rebatizado com o nome do ex-Governador. Alertado de que já tinha virado Gilberto Freyre, ele não se deu por vencido. Sugeriu que se juntassem os dois nomes – tudo isso para o descerramento de uma placa nova, paga por mim e por você, para que ele ganhe um minuto de mídia espontânea e a gratidão da viúva. Agora é o vereador por São Paulo que tenta fazer seu gol de oportunismo – em dose dupla, para piorar. Que falta de mentoria! Que desequilíbrio! Ambas as medidas têm caráter punitivo à Rússia e de louvor aos invadidos. É como se Putin fosse a Rússia. E não é! É como se todo ucraniano fosse um herói. E não é!

Esse maniqueísmo, inerente ao populismo de esquerda ou de direita, é a seiva nutriente da política brasileira. Fico furioso quando vejo os jovens agirem assim. Promover a execração dos russos e a glorificação dos invadidos é reducionista, é perigoso. É, sobretudo, histérico. Associar o povo ao tiranete que dá as cartas equivaleria a tratar o Brasil como se nossa herança cultural tivesse desmoronado por causa do desastrado do capitão. Imagine-se se as avenidas Brasil, de Lima e Lisboa, fossem renomeadas em protesto contra as barbaridades recentes... Como fariam depois que se reinstaurasse a normalidade? O decreto voltaria atrás? Pensar que esses mandatos são regiamente pagos por nós é desesperador. Muitas vezes, é dar espaço para a panfletagem, o casuísmo e a pirotecnia.

Ativismo e cargo eletivo são uma péssima combinação. O populismo é uma praga.

Дев'ять

Quem paga o pato

Sou um cara que olha enviesado para o Estado. Qualquer Estado. Desde que me lembre, nunca tive simpatias por governos. Praticamente por nenhum deles. Meu respeito pelo poder constituído é formal, protocolar, correto. Mas, no fundo, não há adesão de alma. Isso começou ainda nos anos 1970. Nessa época, tivemos em Pernambuco um governador que, na minha casa, todos nós abominávamos. Era um camarada hipotecado aos militares, com baixo senso do ridículo, que circulava pela cidade com batedores motorizados e sirenes ensurdecedoras. Naquela época, o trânsito do Recife era normal, estava longe de ser o desastre planetário que se tornaria. Tinha mais. De vez em quando, esse governador aparecia na TV e falava às pessoas de dedo em riste, apontando para a câmera. Era um desplante, um acinte. Meu pai segurava a revolta e descrevia a parafernália pela veia cômica. O bufão parecia um personagem de Molière.

A visão de papai me fez bem à alma. Transformou sentimentos negativos em risadas. Vendo de fora nossa indigência política, encontrei um bálsamo, um lenitivo, um refrigério, um alento. Abomino governos. Qual seria a alternativa a eles? Não sei. Não me sinto obrigado a propor coisa alguma. Quando muito, gosto de viver em democracia e, de preferência, que o Estado esteja o mais longe possível de mim. Acho que todo mundo tem de procurar pagar o mínimo de impostos. Para mim, as funções públicas só seriam remuneradas simbolicamente. E que o Estado regulasse saúde pública, segurança e defesa, se tanto. Acho um acinte quem vive um padrão de nababos à sombra do Estado. Meu mundo sonhado é outro.

Como assim? Nos meus devaneios, é o mundo da desobediência civil. Tivemos progressos nesse campo. Um bom exemplo é dado pelos soldados que desertam, que furam o tanque de combustível, que se rendem, que confraternizam com o "inimigo" que inventaram para eles, que é um miserável igual a eles no destino, salvo pela cor do uniforme. Sei que alguns países se viabilizaram por causa do exército, por conta da força organizada. Mas isso não muda os fundamentos da minha posição. Temos de melhorar nesses quesitos.

Vejo as fotos dos cidadãos russos em seu dia a dia penoso. Nos próximos anos, arcarão com as consequências dos acontecimentos daquela que passará à história como *A Guerra de Putin*. Um capricho, uma resposta enfezada a anos de imobilismo diplomático. Ora, lá como aqui, os níveis de aparelhamento do Estado são estratosféricos. Lá como aqui, o medo de ser preso turva qualquer compromisso com o bem público. O que fazer? Ameaçar, prender, invadir, conturbar, confundir, manipular, negar, mentir, distorcer, viciar, matar e, é claro, mandar para a morte. É fácil. Cercado de bilionários, plutocratas, delirantes e oportunistas, que o mantêm na rédea curta, o líder regurgita dinheiro, vomita iene, dólar, euro e bitcoins. As consequências de seus desvarios são pagas pelo povo, coitado. O fracasso não estoura nas costas de quem o orquestrou. O rublo logo valerá tanto quanto qualquer papel sujo. O russo emparedado sofrerá duras penas. O pobre continuará bebendo do gargalo. A classe média não poderá ir à Turquia. Todos perderão. Não verei, mas meu sonho seria viver num mundo em que a sociedade e o mercado tocassem de ouvido.

Aos 15 anos, descobri Boris Vian, na música "O desertor". Este refrão nunca mais saiu da minha cabeça:

S'il faut donner son sang
Allez donner le vôtre
Vous êtes bon apôtre
Monsieur le Président
Si vous me poursuivez
Prévenez vos gendarmes
Que je n'aurai pas d'armes
Et qu'ils pourront tirer

Se alguém tiver que dar o sangue
Vá dar o seu
O senhor é um bom apóstolo
Senhor Presidente
Se me perseguir
Previna seus guardas
Que eu não terei armas
Que eles podem atirar

Pobres dos russos. Já são tantas as mazelas e as penúrias. E agora mais essa: viraram párias, mal se passaram 30 anos da redemocratização. Sonho com o dia em que a sociedade se organizará em rede e reduzirá a força discricionária do Estado a quase nada.

Десять

Ah, se o tempo voltasse...

Tenho obsessão pelo momento da virada da chave. Por aquela hora em que as pessoas cometem um erro crasso, botando a perder tudo o que até antes estava na mão. Ou ainda quando enterram dez, vinte, trinta anos, talvez uma vida, por causa de um erro fundamental. As razões que levam a isso são várias, mas a soberba costuma imperar. Isso acomete pessoas inteligentes e aplicadas. Gente meio limitada costuma afundar antes, sequer chega muito longe. Na política, nem se fala. Isso porque se você tem algum poder, não faltará quem endosse as ideias mais tresloucadas que você apresentar. Cheio de si, alguém pega o telefone e dá uma ordem inequívoca: avance, recue, compre, venda, mate, esfole, fuja, suma, apareça. Sentindo que deu um passo definitivo, que a vida dali em diante nunca mais será como antes, ele cumpre um *script de morte*. Mas mal tomou a decisão fatal, já se arrependeu. Viciado em competição, ele conhece um tipo de solidão como nem sequer sabia mais que existia. Nos salões agora vazios, pensa nas consequências e, rapidamente, só consegue enxergar que de 20 cenários possíveis, 18 agora lhe são adversos. Antes a conta era mais generosa. De 20, uns 15 eram bons.

Enxergando-se como um personagem da própria ficção, ele pensa na infância, nos comparsas de submundo e até na retórica altissonante que ensaiará para deixar o cenário. Pensa num dia feliz qualquer, uma dessas lembranças que há anos não tinha. Nessa hora, tudo o que lhe interessa é repetir para si mesmo – na tentativa desesperada de convencer alguns disso – que NÃO errou. É racionalizar, enganar-se e tentar ver o passo em falso como glorioso. Um sorriso triste lhe perpassa os lábios. Ainda tem poderes. Seu maior temor passa a ser um só: que uma ordem sua não seja atendida com presteza. Pior: teme que alguém diga do outro lado da linha: "Infelizmente não posso obedecê-lo". Aí terá chegado o momento de fechar a porta e coçar a coronha daquela pistola de estimação. Não, não pode agora pensar tanto na própria segurança. É infernal viver assim! No fim, ele conclui o óbvio: só uma pessoa era páreo para ele – ele mesmo. Um matou o outro, foi como executar um pacto mais forte do que ele. Pesaroso, conclui que seu espectro inspirava medo. Agora começa a provar do próprio veneno. Por que estão cochichando tanto à sua volta?

Tenho obsessão pelo momento da virada da chave. Por aquela hora em que as pessoas cometem um erro crasso, botando a perder tudo o que até antes estava na mão.

Fontes Minion e Futura
Papel Aveno 80 g/m²
Impressão Gráfica Paym
Maio de 2022